Ursel Scheffler
Die bärenstarke Anna
kommt in die Schule

omnibus

© privat

DIE AUTORIN

Ursel Scheffler wurde in Nürnberg geboren. Sie entdeckte früh ihre Vorliebe für Bücher und das Schreiben. Nach dem Magisterexamen in Anglistik und Romanistik wurden ihre eigenen drei Kinder zum Lebensmittelpunkt und sie begann, Kinderbücher zu schreiben. Weit über 200 Kinderbücher zu den verschiedensten Themen sind inzwischen in namhaften Verlagen erschienen und wurden in 27 Sprachen übersetzt. Weitere Informationen auf der Webseite: www.scheffler-web.de

Ursel Scheffler

Die bärenstarke Anna kommt in die Schule

Mit Illustrationen von
Johannes Gerber

omnibus

omnibus

ist der Taschenbuchverlag für Kinder in der Verlagsgruppe Random House

www.omnibus-verlag.de

Band 21545

Umwelthinweis:
Alle bedruckten Materialien dieses Taschenbuches sind chlorfrei und umweltschonend.

1. Auflage
Erstmals als OMNIBUS Taschenbuch Juni 2005
Gesetzt nach den Regeln der Rechtschreibreform

Die Titel »Die bärenstarke Anna« und »Die bärenstarke Anna und der Schulausflug« erschienen erstmals 1997 im Schneider Verlag, München
Innenillustrationen: Johannes Gerber
Umschlagillustration: Betina Gotzen-Beek
Umschlaggestaltung: Basic-Book-Design, Karl Müller-Bussdorf
at · Herstellung: CZ
Satz: Uhl + Massopust, Aalen
Druck: Litotipografia Alcione srl, Trento
ISBN 3-570-21545
Printed in Germany

Inhalt

1. Buch

Die bärenstarke Anna

Anna ist anders

Kleine Leute übersieht man oft.
Zum Beispiel die Anna.
Sie ist schon fast sieben,
aber ziemlich winzig.
Meist drängeln sich die Leute
an ihr vorbei, als wäre sie Luft.
Im Supermarkt oder im Omnibus
zum Beispiel.
Sie sehen sie, aber sie bemerken sie nicht!
Das ärgert Anna. Denn Anna ist
wirklich ein bemerkenswertes Kind!
Man sieht nur nicht auf den ersten Blick,
was in Anna alles steckt.
Deshalb muss ich es unbedingt
erzählen …

Anna, Oma und Schneewittchen

Anna lebt nicht bei ihren Eltern, sondern bei ihrer Großmutter. Weil ihr Vater durchgebrannt ist, ehe sie auf die Welt kam. Und weil ihre Mutter ihm nachgereist ist, um ihn zu suchen. Annas Oma heißt Franziska. Anna findet, dass sie die beste Oma der Welt ist. Die schnellste ist sie auf jeden Fall. Sie war einmal eine bekannte Hürdenläuferin und springt heute noch im Wald über jeden Graben und jeden Baumstamm, der im Weg liegt. Und Anna springt begeistert hinterher. Vor allem morgens vor dem Frühstück. Da joggt Anna nämlich meist mit ihrer Oma eine Runde durch den Stadtwald.

Übrigens achten die beiden auch sonst auf Gesundheit und Fitness.
»Wer klein ist, muss sich wehren können«, sagt Annas Oma immer.
Deshalb trainiert Anna ihre Muskeln, seit sie laufen kann.
Zwei Bügeleisen an einem Besenstiel sind ihre Hanteln.
Ein rostiges Fahrrad mit platten Reifen ist ihre Trimm-Maschine.
Und eine Strickleiter aus einer alten Wäscheleine macht die Ulme hinter dem Haus zum Kletterbaum.
Flink wie ein Eichhörnchen kraxelt Anna hinauf.
Dort hat sie sich ein Baumhaus eingerichtet. Das ist ihr Lieblingsplatz.

Anna denkt sich ihre Spiele und
Spielsachen selber aus.
Sie pfeift wie ein Vogel und
sie turnt mit den Eichhörnchen
um die Wette.
Ihr liebstes Haustier ist eine
schneeweiße Ente.
Die schlüpfte aus einem Ei,
das eines Nachmittags im Gras neben
dem Teich lag.
Anna hat das Küken großgezogen,
bis es eine richtige Ente war.
Seitdem lebt sie in Annas Haus und
folgt Anna auf Schritt und Tritt.
Sie heißt Schneewittchen und
schläft nachts in einem Wäschekorb
neben Annas Bett.

Das Knuddeldaddelwu

Am Freitag geht Anna immer mit ihrer Oma zum Markt. Freitags ist nicht nur Markttag, sondern auch Mülltag. Deshalb hält Anna ihre Oma immer fest an der Hand. Sonst springt die Oma nämlich über die Mülltonnen, die die Leute am Straßenrand für die Müllabfuhr bereitgestellt haben. Und Anna hat Angst, dass Franziska dabei auf die Nase fällt. Schließlich ist sie nicht mehr die Jüngste. Sie ist schon fast fünfundfünfzig Jahre alt.
Eines Freitags geht Anna wieder mit ihrer Oma zum Markt. Sie wollen frisches Obst und Gemüse kaufen. Unterwegs packt Oma wieder die Springleidenschaft.

»Darf ich nicht wenigstens über den Hydranten springen?«, fragt Oma Franziska mit einem Blick auf Anna und klemmt ihre Handtasche entschlossen unter dem linken Arm fest.

»Nein, Oma!«, sagt Anna energisch und packt ihre Oma noch fester an der rechten Hand. »Du sagst selbst immer, man soll sich so unauffällig benehmen wie möglich. Und am Ende brichst du dir noch ein Bein! Mit wem soll ich dann joggen?«
»Dann werde ich wenigstens Springbohnen kaufen«, murmelt Oma Franziska.
Aber sie kauft nicht nur die Bohnen. Sie kauft auch Möhren, Kartoffeln und einen großen Kopf Rotkohl.
»Nur Gemüse?«, fragt Anna enttäuscht.
»Nein, wir werden noch Obst kaufen. Ich werde uns ein gemischtes Knuddeldaddelwu mit Zimt und Zucker machen«, sagt Oma. »Mit ganz viel Äpfeln und Nüssen drin!«
»Mhm! Wie lecker!«, freut sich Anna.

Ein gemischtes Knuddeldaddelwu
mit Zimt und Zucker und ganz viel Äpfeln
und Nüssen drin kann nur Oma
zubereiten, sonst keiner auf der Welt.
Aber für das Knuddeldaddelwu braucht
Oma noch Bananen, Apfelsinen,
eine Ananas, eine Kokosnuss,
zwei Birnen, ein Kilo Äpfel,
eine Zitrone, ein Pfund Pflaumen,
drei Aprikosen, ein Glas Honig,
einen Sack Nüsse, eine Flasche
Leckerschmecker und hundert Gramm
Dasfehltmirnoch.
»Um Himmels willen! Wer soll denn das
alles schleppen!«, sagt der
Obsthändler.

Dann packt er alles in eine Kiste,
weil Omas Korb schon voll Gemüse ist.
»Meine bärenstarke Anna«, sagt die
Oma und lacht.

Anna und der Schultest

Ja, wirklich! Anna ist ein echt starkes Mädchen! Auch wenn sie klein aussieht. Sie ist eben innen größer als außen. Bei den meisten Kindern ist es umgekehrt.
Das zeigt sich auch an dem Tag, an dem Oma Franziska ihre Enkeltochter zur Schule anmelden will.
Anna freut sich unheimlich auf die Schule.
Schließlich wird sie bald sieben!
Und weil sie keine Geschwister hat, möchte sie gern mit anderen Kindern zusammen sein. Aber weil sie so klein ist, traut man ihr den langen Schultag noch nicht zu. Deshalb muss Anna einen Schultest machen.
Sie kreuzt Bildchen an und malt.

Sie erklärt die Farben und die Uhr.
»Ich kann auch bis hundert zählen!«, sagt Anna.

Sie hätte auch bis hunderttausend gezählt, wenn man es verlangt hätte. Aber der Lehrer, der sie prüft, fängt schon bei siebenunddreißig zu gähnen an. Dann mustert er das zarte Wesen vor sich mit besorgten Blicken und meint:

»Tja, klug genug ist sie. Aber ich weiß nicht, ob sie körperlich stark genug ist.«
»Worauf Sie sich verlassen können«, meint Oma mit einem siegessicheren Lächeln. »Soll sie es Ihnen zeigen?«
»Nein, nein!«, wehrt der Lehrer ab.
»Ich möchte lieber die Meinung des Schularztes hören!«
Also geht Oma am nächsten Tag mit Anna zum Schularzt.
Schmal und winzig steht Anna vor dem mächtigen Schreibtisch aus Eichenholz.
Der riesige Doktor im weißen Kittel blickt prüfend über den Rand seiner Halbbrille auf sie herunter und näselt: »Döses Könd kann noch nöcht zör Schole. Döses Könd öst völ zo schwach!«
»Sie ist stärker, als sie aussieht!«, warnt Oma den Doktor.

»Das dönken alle Öltern von öhren Köndern«, brummt der Schularzt unbeeindruckt. Er lässt Anna allerhand alberne Übungen machen.
Zunächst macht Anna brav mit.
Aber als sie mit der rechten Hand über den Kopf greifen und an das linke Ohr fassen soll, wird es ihr zu dumm. Dazu hat sie keine Lust.
Sie mag nicht, wenn ihr jemand ans Ohr fasst.
Auch nicht sie selber.
Und wenn, dann hat das überraschende Folgen!
»Wenn Sie es unbedingt wissen wollen …«, murmelt Anna.

»Wer nicht hören will, muss fühlen«,
sagt Oma Franziska und lacht
verschmitzt.
Ehe der Doktor versteht, was geschieht,
klettert Anna flink auf den Schreibtisch.
Jetzt ist sie so groß wie er.
Sie starrt ihm ins Auge.
Er starrt verblüfft zurück.
Sie macht blitzschnell einen Handstand,
einen Kopfstand und einen Flickflack
auf der Schreibtischunterlage.

Dann gibt sie ihm einen kurzen,
aber heftigen Kinnhaken.
Der mächtige Mann fällt um

wie ein nasser Sack. Als der Arzt aus seiner Ohnmacht erwacht, blinzelt er Anna ängstlich an.

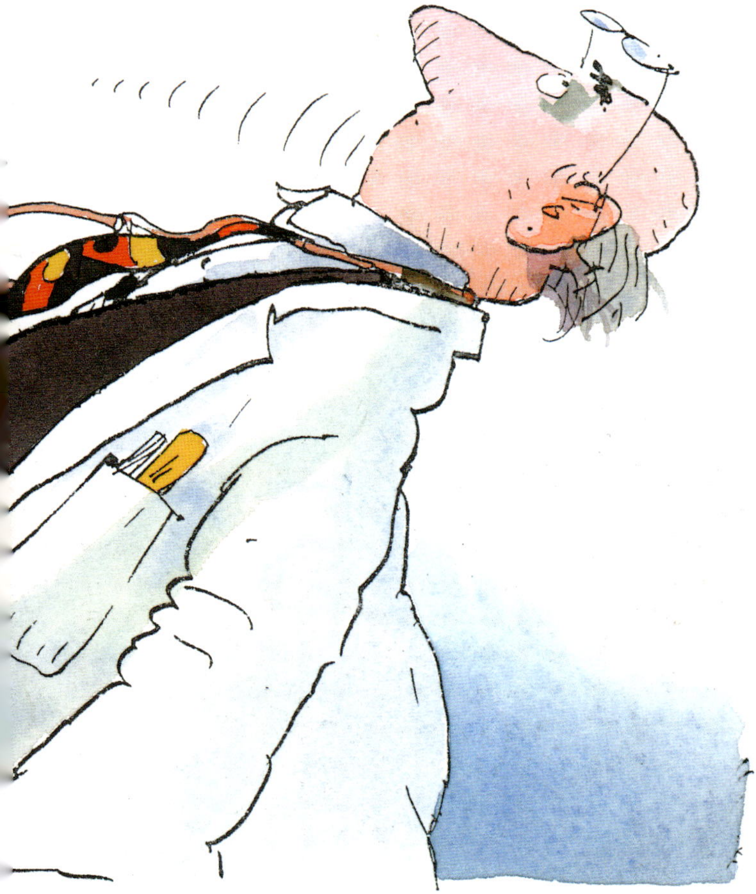

»Onglaublöch«, murmelt er und reibt sich das Kinn. »Ein ongewöhnlöch starkes Könd! Non, man kann söch ja mal örren!«
Er unterschreibt hastig einen Zettel, auf dem steht, dass die kleine Anna groß genug für die Schule ist.
Dann schluckt er eine Beruhigungstablette.
Vor Aufregung fällt ihm die Packung auf den Boden.
Anna hebt sie auf. Sie wirft einen kurzen Blick auf die Packung und bemerkt etwas besorgt: »Sie sollten das Zeug nicht auf nüchternen Magen einnehmen!«
»Aber – woher weißt du das?«, erkundigt sich der Arzt verwirrt.
»Steht hier auf der Packung! Man soll auch immer das Kleingedruckte lesen«, sagt Anna verschmitzt.

»Waaas? Lösen kann sö auch schon!«, sagt der Arzt. Verdattert sieht er dem ungewöhnlichen Kind nach, das jetzt mit seiner ebenso ungewöhnlichen Großmutter durch die Tür seines Amtszimmers verschwindet.

Der Rektor auf der Fensterbank

Ein bisschen aufgeregt ist Anna schon, als sie das erste Mal zur Schule gehen soll.
»Anna, pass auf!«, warnt Oma Franziska, als sie das Gewühl vor dem Schulhaus sieht.
Die Erstklässler kann man an den neuen Ranzen und den riesigen Schultüten erkennen.
Ein paar Lehrer und Lehrerinnen schicken die neuen Schulkinder in die Turnhalle, wo die Feier zum Schulanfang stattfinden soll.
Anna und Oma Franziska werden in der Menschenmenge fast zerquetscht.
Alle drängen mit ihren Verwandten in die festlich geschmückte Turnhalle.
Jeder möchte einen Sitzplatz.

Und alle möglichst in den vordersten Reihen.
Eltern, Großeltern und die jüngeren Geschwister der neuen Schüler möchten zusehen, wie aus Kindern Schüler werden.
Anna ist gespannt, wie das funktioniert.
Aber dann geht alles ganz einfach.
Erst singt der Schulchor auf der Bühne.
Dann hält der Rektor eine kleine Rede.
Dann flöten drei Mädchen aus der dritten Klasse ein Herbstlied.
Und dann klettert der Rektor noch mal auf das Podium und sagt etwas Feierliches.
Endlich winkt er die drei Lehrerinnen herbei, die die Schüler der ersten Klassen unterrichten sollen.
Alle sind gespannt.
Es ist mucksmäuschenstill.

Die eine ist blond und hübsch.
Die andere groß und dünn.
Die dritte ist schon etwas älter und trägt eine bunte, aber altmodische Weste über dem Faltenrock.

Aber sie lacht am nettesten, findet Anna.
»Ich nehme die Blonde!«, sagt ein Junge neben Anna zu seiner Mutter.
Er ist rothaarig und heißt Brutus.
Außerdem ist er kräftig gebaut und mehr als einen Kopf größer als Anna.
»Abwarten, Schatzi!«, seufzt seine Mutter. »In der Schule geht nicht mehr alles nach deinem Kopf.«
Jetzt liest der Rektor die Namen der Kinder vor und sagt, zu welcher Lehrerin sie gehen sollen.
Brutus ist sauer. Er muss zu der älteren Lehrerin.
Genau wie Anna.
Als Anna vor dem Rektor steht, meint der: »Du kommst wohl für deine große Schwester?«
»Ich bin ich!«, sagt Anna.

»Aber – ich denke, du bist noch äh … ziemlich klein!«

»Das ist nur äußerlich«, antwortet Anna. »Ich bin ziemlich stark.«

»Na, ganz schön selbstbewusst, die junge Dame!«, sagt der Rektor und zupft Anna scherzhaft am Ohr.

Das hätte er lieber nicht machen sollen! Anna holt tief Luft. Dann nimmt sie den Rektor auf den Arm, stemmt ihn kurz an, trippelt zur Seite – und setzt ihn auf die Fensterbank.

Das geht so schnell, dass die meisten gar nicht bemerken, wie der Rektor plötzlich auf die Fensterbank kommt. Der Sportlehrer allerdings hat es ganz genau gesehen.

»Donnerwetter! Ein unglaublich starkes Kind!«, sagt er und hilft dem Rektor wieder herunter.

Von diesem Augenblick an
hat der Rektor allen Respekt vor Anna
und er hat auch nie mehr gefragt,
ob sie für ihre große Schwester
in die Schule gekommen ist.
Schließlich hat Anna gar keine
große Schwester.

Frau Meise und das Luftballon-Klassenzimmer

Annas Lehrerin heißt Frau Meise.
Sie führt die Kinder in ein Klassenzimmer, das mit lauter bunten Luftballons geschmückt ist.
Auf jedem Luftballon steht ein Name.
Frau Meise sagt: »Wer den Luftballon mit seinem Namen findet, der darf ihn an seinem Stuhl festbinden.«
Fast alle Kinder erkennen ihren Namen.
Bis auf Brutus. Aber der ist nicht dumm.
Er nimmt einfach den Luftballon, der am Schluss übrig bleibt.

Frau Meise erzählt den Kindern eine Menge über die Schule. Warum man still sein muss, wenn andere reden.

Wann es klingelt und warum.

Wann man essen darf und wo das Klo ist.

Nach der großen Pause zeigt sie den Kindern das Schulhaus.
Dann dürfen alle Bilder malen.
Jeder das, was ihm am ersten Schultag am besten gefallen hat.
Brutus malt die blonde Lehrerin.
Annas Nachbarin Ina zeichnet eine Schultüte mit Überraschungs-Eiern und Lakritze-Teufeln drin.
Anna malt die bunten Luftballons.
Ein kleiner Junge, der Robert heißt, malt Anna, wie sie den Rektor auf den Arm nimmt.
Anna findet, dass Frau Meise unheimlich nett ist.
Sie will den Kindern am ersten Tag keine Hausaufgaben aufgeben.
Aber da sind die meisten enttäuscht.
Sie wollen Hausaufgaben haben, wie die großen Schulkinder!

Ina
Anna
Robert
Mirabella

»Gut«, sagt Frau Meise. »Das kann ich verstehen. Also, dann ist eure Hausaufgabe, dass ihr morgen euer Lieblingsspielzeug mitbringt.«

»Soll ich meine Puppe oder meinen Teddy mitbringen?«, fragt Ina, die immer alles ganz besonders gut machen will.

»Das ist egal«, sagt Frau Meise.

»Blöde Hausaufgabe«, mault Brutus.

»Ich bringe eine Diskette mit. Ich spiele am liebsten am Computer.«

»Und ich komm mit meiner Ente«, murmelt Anna leise.

Schneewittchen und der Hausmeister im Löschteich

Am nächsten Tag gibt es vor der Schule einen Menschenauflauf.
Vor dem Schulhaus steht Anna mit ihrem Puppenwagen.
Und in dem Puppenwagen sitzt die Ente Schneewittchen.
»Das Viech kommt nicht ins Schulhaus!«, schimpft der Hausmeister.
»Am Ende bekleckert es den frisch geputzten Boden!«
»Das Viech ist meine Hausaufgabe!«, sagt Anna.
»Hat man schon so einen Blödsinn gehört!«, empört sich der Mann.
»Eine Ente gehört auf den Teich oder in den Backofen!
Aber nicht in die Schule.«

»Hausaufgabe ist Hausaufgabe!«, sagt Anna und sieht ihn scharf an. »Und wenn sie mich daran hindern, meine Hausaufgaben zu machen, dann …«

»He, he! Du freches Gör!«, sagt der Hausmeister und geht drohend auf Anna zu. Und dann tut er etwas, was kein Mensch auf der Welt tun sollte:

Er zieht Anna am Ohr. Das ist, wie ihr wisst, äußerst gefährlich!
»Pass auf Schneewittchen auf!«, sagt Anna zu Robert. Dann holt sie tief Luft, packt den Hausmeister am Gürtel und schleudert ihn mit einem gewaltigen Schwung in den Löschteich.

SUPERBOY

Frau Meise muss sich das Lachen verkneifen, als sie hört, was passiert ist. Aber dann wird sie ernst und sagt zu Anna: »Der Hausmeister gehört ins Haus und nicht in den Löschteich. Es ist sehr wichtig, dass er auf die Schule aufpasst.«
»Er hat Schneewittchen beleidigt und mich am Ohr gezogen!«, verteidigt sich Anna.
»Nun«, sagt Frau Meise, »das kommt wohl daher, dass er einem Kind wie dir noch nicht begegnet ist.«
Und dann muss Anna erklären, warum sie eine Ente hat.
Da erzählt Anna die Geschichte von der Ente Schneewittchen. Wie sie aus dem Ei geschlüpft ist, wie sie wuchs und das Schnattern, das Schwimmen und das Futtersuchen lernte.

»Das ist eine sehr schöne Geschichte«, sagt Frau Meise. Dann dürfen auch die anderen ihre Lieblingsspielgefährten vorstellen.
Ina erzählt von ihrem Teddy, Robert von seinem fernlenkbaren Roboter und Brutus von seiner neuen Maus.
»Iiiiiih, hast du wirklich eine Maus?«, will Ina wissen.
»Eine Computermaus«, sagt Brutus und schneidet Grimassen.

Die starke Wette

In der Pause gehen die Kinder aus der ersten Klasse zum ersten Mal auf den Schulhof.
»Nimmst du Schneewittchen mit? Oh, bitte!«, sagt Ina.
»Ich weiß nicht«, sagt Anna. »Vielleicht hat sie Angst vor den vielen Kindern.«
»Ach was, wir werden schon auf sie aufpassen«, versichert Robert.
»Na gut, dann nehm ich sie an die Leine«, sagt Anna. »Damit sie im Gewühl nicht verloren geht!«
Man kann sich vorstellen, was die größeren Schüler für Augen machen, als Anna mit der Ente an der Leine über den Schulhof läuft.
»Sieh mal an, eine kleine Gans mit einer Ente«, spottet einer aus der Siebten.

»Blödmann!«, sagt Anna.
»Nimm dich vor Maximilian in Acht! Der hat Kräfte wie ein Bär«, sagt einer aus der fünften Klasse.

»Nehmt euch vor Anna in Acht!«, warnt Robert. »Sie ist stärker, als ihr denkt.«
»Mich in Acht nehmen? Vor diesem Federgewicht? Ausgerechnet ich? Ich hab den schwarzen Gürtel in Karate!«, behauptet Maximilian. Er macht zwei Schritte vorwärts und baut sich vor Anna auf.

Seine Freunde stehen um ihn herum und lachen.
Schneewittchen schnattert aufgeregt.
»Was ist der schwarze Gürtel in Karate? Bekommt man den vielleicht für schwarze Fingernägel?«, erkundigt sich Anna freundlich.
Maximilian sieht einen Augenblick verunsichert auf seine Fingernägel und wird dann wütend. »Halt bloß deine freche Klappe!«
»Den schwarzen Gürtel bekommt man, wenn man viele Prüfungen in Karate gemacht und viele Gegner besiegt hat«, erklärt Robert leise.
»Mein Bruder ist nämlich auch im Karate-Klub. Aber den schwarzen Gürtel hat er noch nicht.«
»Wetten, dass ich trotzdem stärker bin als du?«, sagt Anna unbeeindruckt.

Dabei blickt sie Maximilian forsch an.
»Du?«, fragt er und lacht sich halb tot.
»Habt ihr das gehört? Die kleine Gans!«
»Wetten, dass ich dich in null Komma nix in die Sandgrube werfe wie einen reifen Apfel?«, fragt Anna.
»Habt ihr schon so einen Blödsinn gehört?«, meint Maximilian.
»Nie im Leben! Was wetten wir?«
»Die Wette gewinnst du, Maxi!
Da kannst du einsetzen, was du willst«, sagen Maximilians Freunde.
»Na gut. Ich spendiere ein Rieseneis für dich und deine Freunde,
wenn du gewinnst. Und du spendierst eines für mich und meine Freunde,
wenn ich gewinne!«, sagt Maximilian siegessicher.
»Die Wette gilt! Zupf mich am Ohr, so fest du kannst. Dann fangen wir an!«

Anna hält ihm ihr Ohr hin.

Das lässt sich Maximilian nicht zweimal anbieten! Er ahnt nicht, welche Kräfte er freisetzt, als er energisch an Annas Ohrläppchen zieht. Sonst hätte er es sicher gelassen.

Anna pumpt sich nämlich im gleichen Augenblick voll Luft und holt zu einem enormen rechten Schwinger aus. Der erfasst Maximilian mit solcher Wucht, dass er pfeifend in den Apfelbaum neben der Sandgrube saust. Dort hängt er eine Weile. Er schreit und zappelt. Schließlich fällt er in die Sandgrube wie ein reifer Apfel. So wie es Anna vorhergesagt hat …

Ja, kleine Leute unterschätzt man oft!

2. Buch

Die bärenstarke Anna und der Schulausflug

Anna ist riesig

Auf den ersten Blick sieht Anna
eher klein und mickrig aus.
Aber innerlich ist sie unheimlich stark,
vor allem wenn sie in Wut gerät.
Und in Wut bringen sie Angeber,
Krachmacher, Superschlaue
oder Leute, die anderen Unrecht tun.
Vorsicht: wenn dann so einer
Anna noch am Ohrläppchen zieht!
Schubidu – da wachsen ihre Kräfte
fast ins Unermessliche …

2b

Anna hat viel gelernt

Alle Kinder in der 2b kennen
Annas Geheimnis.
Weil Anna mit ihren Bärenkräften
vorsichtig umgeht, bleiben sie den
meisten anderen Menschen verborgen.
Aber was noch viel wichtiger ist:
Anna gibt mit ihrer Kraft nicht an.
Deshalb ist sie in ihrer Klasse
sehr beliebt.
So ist es kein Wunder,
dass im Sportunterricht immer Anna
bei der Mannschaftswahl
als Erste ausgesucht wird.
Anna hat in den ersten beiden
Schuljahren eine Menge gelernt.
Nicht nur lesen und schreiben.
Zum Beispiel dass andere manches
besser können als sie.

Einige ihrer Klassenkameraden können besser rechnen. Robert weiß, was sechsmal eine Million ist!
Ina kann schöner schreiben als Anna.
Mirabella kann besser malen.
Dani kann lauter singen.
Brutus kennt mehr Tiere.
Und Max kann schneller rennen.
Eigentlich ist es gut,
wenn jeder etwas anderes kann
und nicht alle das Gleiche können,
findet Anna.

Anna ist nicht nur bärenstark, sondern auch Klassenbeste im Rückwärtslesen. Und Rückwärtslesen kann nur die 2b. Die 2a hat davon keinen blassen Schimmer. Deshalb können sie auch nicht verstehen, wenn die Stürmer aus der 2b beim Fußballspiel rufen: »Muz rot, muz rot!« oder »Gnaf, gnaf!«

So ist es kein Wunder, dass die 2b gegen die 2a immer gewinnt.

Frau Meise mag Rätsel

Annas Lehrerin heißt Frau Meise.
»Heute habe ich eine Überraschung für euch«, sagt Frau Meise am Montagmorgen.
Alle sind gespannt.
»Gummibärchen?«, ruft Max.
»Viel schöner!«, sagt Frau Meise.
»Wir werden am Freitag einen Klassenausflug machen.«
»Super! Toll! Sahnebanane!«, rufen alle durcheinander.
»Wohin fahren wir?«
»Ich werde euch ein Bilder-Rätsel an die Tafel malen«, sagt Frau Meise.
Frau Meise mag Rätsel und Geheimnisse.
Und die 2b auch.
Frau Meise malt etwas an die schwarze Tafel.

Es sieht genauso aus wie ein Mensch-ärgere-dich-nicht-Männchen in einem Kästchen.
Daneben sind ein Vogel und ein Dreieck.

»Das Dreieck ist eine Torte!«, ruft Max, der immer zuerst ans Essen denkt.

»Ein Vogel! Wir wandern zum Vogelpark!«, meint Brutus.
»Falsch geraten!«, sagt Frau Meise.
»Ihr müsst zuerst herausfinden, was die Bilder bedeuten!«
»Das erste ist ein Kegel!«, ruft Robert.
»Gehen wir zum Kegeln?«, fragt Ina.
»Noch mal falsch geraten. Das erste Bild ist ein Schlüsselloch in einem …«
»…einem Schloss! Soll es Schloss bedeuten?«, ruft Anna.
»Richtig!«, sagt Frau Meise.

»Der Vogel könnte ein Rabe sein«,
vermutet Mirabella.
»Ja, ein Rabe. Gut geraten!«,
sagt Frau Meise.
»Das dritte ist ein Käse-Eck!«, rät Max.
»Lass den Käse weg, Max«,
sagt Frau Meise und lacht.
»Ein Eck?«, überlegt Robert.
»Schloss Rabeneck!
Wir fahren nach Schloss Rabeneck!«,
ruft Anna.
»Anna hat's erraten!«, sagt Frau Meise.
»Wir fahren mit dem Zug.«
»Dann sind Sie ja ein Zugvogel!«,
ruft Anna.
Jetzt braucht Frau Meise eine Sekunde,
ehe sie errät, was Anna meint.
»Du hast Recht«, sagt Frau Meise und
schmunzelt. »Normalerweise sind
Meisen keine Zugvögel.«

Wenn man Meise heißt,
kommt es öfter vor,
dass Leute mit dem Namen
Witze machen.
Der Maximilian aus der achten Klasse
hat zum Beispiel neulich gesagt,
dass die 2b die einzige Klasse ist,
die eine Meise hat.
»Die sind nur neidisch, weil wir
eine so nette Lehrerin haben«,
behauptet Anna.
Und da hat sie Recht.

Die Entenfahrkarte

Oma Franziska schmiert am Freitagmorgen die Brote für den Ausflug. Anna hat ihre Ente Schneewittchen auf dem Arm und sieht ihr zu.
»Eins mit Salami und eins mit Käse. Aber er soll nicht so stinken wie letztes Mal«, sagt Anna.
Oma Franziska packt noch einen Apfel, eine Banane und zwei harte Eier ein.
Anna füllt eine Tüte mit Entenfutter.
»Willst du Schneewittchen wirklich auf den Ausflug mitnehmen?«, erkundigt sich Oma Franziska mit gerunzelter Stirn.
»Na klar«, sagt Anna.
»Sie darf im Rucksack sitzen und die Brote bewachen.«

In der Klasse 2b haben alle ein Haustier.
Manche sind allerdings nur aus Plüsch.
Mirabella bringt ihren Elefanten mit,
Robert seinen Dinosaurier,
Ina ihren Igel
und Dani ihr Krokodil.

Max hat seinen Dackel Romeo dabei.
Der ist echt. Deshalb muss Max auch
eine Hundefahrkarte für ihn kaufen.

Anna erkundigt sich: »Gibt es auch
eine Entenfahrkarte?«
»So ein Quatsch!
Willst du mich auf den Arm nehmen?«,
sagt der Mann am Schalter ärgerlich.
»Enten reisen nicht mit der Bahn.
Die fliegen selber«,
scherzt eine siebengescheite Frau,
die hinter Anna wartet.
Da dreht sich Anna um.
Jetzt kann die Frau sehen,
dass Anna wirklich eine Ente
auf dem Arm trägt. Da staunt sie aber!
»Sachen gibt's, die gibt's gar nicht«,
murmelt sie verwirrt.
»Eine Entenfahrkarte gibt es
wirklich nicht«, sagt der Bahnbeamte.
Er ist ratlos und durchsucht
die Gebührentabellen auf seinem
Bildschirm.

6
Geld sparen
Roller fahren

»Unser Zug fährt auf Gleis 3 ab, Kinder!«, ruft Frau Meise. »Wir bleiben alle zusammen. Keiner läuft weg! Fasst alle das Seil an.« Frau Meise hat ein langes Springseil mitgebracht.

An dem halten sich alle
mit einer Hand fest.
Wie eine große Raupe schlängelt
sich jetzt die 2b durch die
Bahnhofshalle.

An der großen Treppe,
die zum Bahnsteig hinaufführt,
steht eine ältere Dame.
Auf ihrem Gepäckwagen sind
zwei Koffer und eine Tasche.
»Darf ich Ihnen mit den Koffern
helfen?«, fragt Anna.
»Aber«, meint die Frau, »das ist doch
viel zu schwer für dich!«
»Schubidu!«, sagt Anna vergnügt
und trägt die beiden schweren Koffer
die Treppe hinauf, als wären es
Federkissen.

Verblüfft folgt ihr die alte Dame mit der Reisetasche. Sie staunt:
»Du hast ja Bärenkräfte!«
»Jaja. Ich treibe eben viel Sport«, sagt Anna verschmitzt.

Die Angeber

Kaum ist die 2b auf dem Bahnsteig, fährt auch schon der Zug ein. Er ist ziemlich voll. Glücklicherweise hat Frau Meise Plätze reserviert. Endlich sind alle zwanzig Schüler auf vier Abteile verteilt. Zwei Abteile sind vorne im Wagen und zwei hinten. Frau Meise zählt, ob auch niemand fehlt. »Fünf und sechs sind elf«, sagt Frau Meise. »Zählst du in den beiden hinteren Abteilen, Robert?« »Neun«, meldet Robert. »Und neun und elf sind zwanzig! Dazu eine Ente, eine Lehrerin und ein Dackel. Es sind alle da!«

An der nächsten Station steigen fünf junge Leute ein.
Sie haben Bierdosen in der Hand.
Sie lärmen und lachen.
Ihr Kofferradio dröhnt auf voller Lautstärke. Sie benehmen sich, als wäre außer ihnen niemand im Zug.

In Annas Abteil sind noch zwei Plätze frei. Zwei Jungen kommen herein.
Einer mit Lederjacke und einer mit kurz geschorenen Haaren.

Sie lassen sich auf die beiden Sitze neben Robert fallen. Der eine legt den Fuß auf die Sitzkante zwischen Anna und Max.
Romeo knurrt leise.
»Könntest du bitte deinen Fuß herunternehmen?«, sagt Anna höflich.

»Warum? Das ist bequem so.«
»Du machst mit deinen Stiefeln das Polster schmutzig!«, sagt Anna.
Der Junge sieht sie an, grinst und sagt:
»Bei dir piept's wohl! Willst mir Vorschriften machen, wo ich meine müden Knochen hinlege, wie?«

Er lächelt mitleidig.
»Mein Rock ist auch dreckig geworden!«, beschwert sich Anna.
»Dann werd ich ihn wieder waschen«, meint der freche Kerl.
Er nimmt seine Bierdose und tröpfelt den letzten Rest auf Annas Rock mit den gelben Kringeln. Es ist ihr Lieblingsrock.
»Was fällt dir ein!«, ruft Anna empört.
»Du meinst wohl, weil wir jünger sind, kannst du dir alles erlauben!«
Der Trunkenbold grinst und rülpst.
»Anna ist stärker, als du denkst!«, warnt Robert.
Max ahnt, was jetzt kommt.
Er nimmt vorsichtshalber Romeo auf den Arm.
»Feigling«, sagt Anna leise und steht auf.

»Nun werde nicht unverschämt«, meint der Kerl mit den kurzen Haaren.
»Sonst mach ich
– hicks –
Apfelmus aus dir!«
»Wetten, dass du es nicht mal wagst, an meinem Ohrläppchen zu zupfen?«, sagt Anna listig.

»Hast du das gehört, Nero?«, sagt der Junge zu seinem Kumpel. »Sie hat mich direkt darum gebeten, dass ich ihr – hicks – die Öhrchen lang ziehe. Du bist mein Zeuge!«
Seine rechte Hand schnellt vor und er zupft Anna am Ohr.
Das hätte er lieber nicht tun sollen!

»Schubidu!«, ruft Anna vergnügt und packt den Jungen am Hosenbund. Sie wirbelt ihn dreimal herum. Dann landet er in hohem Bogen oben auf der Gepäckablage. Nero reibt sich die Augen.

»Das hältste ja im Kopf nicht aus«, murmelt er und kratzt sich am Kopf. Er schlurft ins Nebenabteil und holt die drei anderen Jungen.

Wortlos deutet er auf die Ablage.
»Ich glaub, ich spinne!«, knurrt es von dort herab.
»Wie kommst du denn da hinauf, Ringo?«, grinst einer.

»Willst du deinem Freund Ringo Gesellschaft leisten?«, fragt Anna. Inzwischen stehen auch die fünf Klassenkameraden aus dem Nebenabteil im Gang.
Gespannt beobachten sie die Szene.

»Zeig es ihnen, Anna!«, ruft Brutus mutig aus dem Hintergrund.
»Du willst doch nicht behaupten, dass du es warst, die Ringo nach oben befördert hat?«, fragt einer der jungen Männer verblüfft.
»Sie war es«, sagt Nero.
Er ist ganz blass um die Nase.
Aber die anderen glauben ihm nicht.
»Ei, was haben wir denn da für ein Vögelchen. Entenbraten, hmhm«, sagt einer der drei.
Er hat Schneewittchen entdeckt, die neugierig aus dem Rucksack lugt.
Sie schnattert aufgeregt.
Der Kerl ist ihr nicht geheuer.
»Wenn du meine Ente anfasst, landest du auch da oben«, sagt Anna leise.

Der junge Mann lacht spöttisch.
»Dich halbe Person verschlucke ich nach deiner Ente zum Nachtisch.«
»Schubidu!« Schon stemmt Anna den frechen Kerl hoch und wirbelt ihn herum. Er landet unsanft auf der anderen Gepäckablage.
»So, da oben seid ihr vor mir sicher«, sagt Anna.
»Jedenfalls solange ihr die Klappe haltet und andere Leute nicht belästigt.«

»Nächste Station Rabeneck«,
ertönt die Stimme des Zugführers
aus dem Lautsprecher.
»Wir sind da!«, ruft Frau Meise
vom anderen Ende des Wagens her.
Sie hat das ganze Spektakel
gar nicht mitbekommen.
»Alles aussteigen. Rasch.
Und gebt Acht, dass ihr nichts
auf der Gepäckablage liegen lasst!«
»Nur zwei große, dumme Jungen,
die dachten, sie seien stärker
als ein kleines Mädchen«,
murmelt Anna.

Schloss Rabeneck

Das alte Schloss sieht man schon von weitem. Es liegt auf einer Felsnase über dem Tal.
Das heißt: Eigentlich ist es nur eine Schlossruine.
Um sie zu erreichen, muss man einen steilen Berg hinaufklettern.
Es ist kurz vor zwölf.
Die Sonne brennt heiß herunter.
Die Kinder stöhnen mächtig.
»Ich kann nicht mehr!«, schnauft Max nach einer Stunde.
Er hat seinen Rucksack wieder mal viel zu voll gepackt.
»Gib her«, sagt Anna. Sie trägt einen Rucksack vorn und einen hinten, als seien es Luftballons.
Und dazu noch Schneewittchen!

Nach einer weiteren Stunde hat die 2b
die Schlossruine erreicht.
Die Aussicht ist herrlich.

Im Schlosshof gibt es einen Brunnen mit frischem Trinkwasser.
Alle sind durstig.
Auch Schneewittchen und Romeo.
Das frische Wasser schmeckt köstlich.

»Es kommt aus der Quelle dort am Felsen. Das Trinkwasser war früher lebenswichtig für die Schlossbewohner«, sagt Frau Meise.
»Damit sie nicht verdurstet sind, wenn die Burg von Feinden belagert wurde«, sagt Mirabella.
Sie hat gerade eine spannende Rittergeschichte gelesen.

Im Schlosshof steht eine
alte Linde. »Man sagt, sie
sei sechshundert Jahre alt«,
erzählt Frau Meise.
»Ritter Rollo von Rabeneck
soll sie nach der Rückkehr
von einem Kreuzzug gepflanzt haben.
Er hat auch die kleine Kirche gebaut,
die ihr dort unten im Tal
sehen könnt.«

Während die Kinder im Schatten
der Linde ihren Proviant auspacken,
erzählt Frau Meise
von Rittern, Burgfräulein und
von dem Geist der weisen Agnes,
der um Mitternacht
im Schlossturm spukt.
»Sie ist angeblich entführt
und dort eingemauert worden,
weil sie den Burgherrn
nicht heiraten wollte!«
»Ganz schön gruselig«, findet Dani.
Und Mirabella nimmt sich vor,
den Turm und das Gespenst zu malen,
wenn sie wieder zu Hause ist.

Die Schatzsuche

Frau Meise sagt: »Ich hab noch
eine Überraschung für euch!
Der letzte Ritter von Rabeneck
hat einen wertvollen silbernen Becher
im Rabenwald versteckt.
Den wollen wir jetzt suchen!«
»Hurra! Schatzsuche!«, ruft Max
und springt auf.
Romeo jault,
weil Max ihm
dabei auf die Pfoten
getreten ist.

»Das ist nicht so einfach, wie ihr denkt«,
sagt Frau Meise. »Ihr müsst erst
eine Prüfung als Schatzsucher machen,
liebe Ritter und Burgfräulein!«
Sie holt ein Päckchen mit Zetteln
aus ihrem Rucksack.

»Jeweils vier von euch bekommen die gleiche Aufgabe.«
»Dann haben wir fünf Gruppen«, sagt Schnellrechner Robert.
»Ihr müsst Sachen suchen und Rätsel lösen. Wenn ihr durch den Wald geht, dann seid bitte ganz leise, damit die Tiere nicht erschrecken.
Der Weg ist mit einem grünen Punkt markiert.
Den dürft ihr keinesfalls verlassen.
Versprecht ihr das? Großes Ehrenwort?«
Alle versprechen es.
»Wir starten mit fünf Minuten Abstand und treffen uns ungefähr in einer halben Stunde unten am Forsthaus.
Dort warte ich und stoppe die Zeit.
Dann suchen wir gemeinsam den Schatz.«

Jetzt werden die Gruppen ausgelost.
Anna ist mit Brutus, Max und Mirabella in der letzten Gruppe.
Annas Gruppe muss ein Eichenblatt, eine Haselnuss, eine Vogelfeder, einen Kieselstein, eine Schnecke und einen Regenwurm finden.

Und sie muss ein kleines Gedicht schreiben, in dem die Wörter Haselmaus und Drache vorkommen. »Ich mache das Gedicht unterwegs«, sagt Mirabella. »Irgendwas mit

Haselmaus
und Drachenhaus.

oder so.«
Max findet eine Haselnuss, Anna das Eichenblatt und den weißen Kieselstein.
Nachdem sie eine Weile gelaufen sind, ohne einem Regenwurm oder einer Schnecke zu begegnen, sagt Brutus: »Ich weiß, wo man suchen muss: da unten am Bach!«

Er verlässt den Weg und klettert den Abhang hinunter.
»Nicht!«, ruft Anna. »Das darfst du nicht! Wir haben es versprochen!«
Aber da verschwindet der rote Schopf von Brutus schon zwischen den Büschen.

Der Hang ist schlüpfrig.
Ein Stein, auf den Brutus tritt, rutscht davon. Und Brutus auch.
Es poltert und kracht.

Jetzt liegt er unten am Bach.
Er fasst an seinen Knöchel
und wimmert.
»Oje, was machen wir jetzt?«,
fragt Mirabella ratlos.
»Ich könnte ihn hochschleppen …«,
überlegt Anna.
»Aber wenn das Bein gebrochen ist,
darf man es nicht bewegen«, sagt Max.
»Seht ihr das Telefonhäuschen
dort unten an der Straße?
Ich werde hinunterlaufen und
im Forsthaus anrufen.
Frau Meise ist bestimmt schon dort«,
sagt Anna.
»Und wir?«, fragt Mirabella.
»Ihr bleibt mit Romeo und
Schneewittchen hier bei Brutus.
Wir können ihn schließlich
nicht allein lassen!«

Kleine Anna ganz groß

Geschickt klettert Anna den Hang zum Telefonhäuschen hinunter.
Aber sie kann nicht telefonieren!
Der Hörer hängt zu hoch!
Neben der Bushaltestelle liegen ein paar Ziegelsteine herum.
Anna schleppt fünf Ziegelsteine zum Telefonhäuschen.

»Könnten Sie bitte die Tür für mich aufhalten?«, sagt sie zu einem Mann, der ihr neugierig zusieht.
»Willst du die Telefonzelle umbauen?«, scherzt der Mann.
»Nein, ich will bloß telefonieren«, sagt Anna.
»Sind die Steine nicht viel zu schwer für dich?«, wundert sich der Mann.
»Viel schwerer ist es zu telefonieren, wenn man nicht an den Hörer rankommt«, sagt Anna und klettert auf die Ziegelsteine.

Anna ist froh, dass Oma Franziska
mit ihr das Telefonieren geübt hat.
Sie hat auch immer Telefongeld
in der Tasche.
»Unverhofft kommt oft«,
sagt Oma Franziska immer.
Anna sucht die Nummer des Forsthauses
im Telefonbuch.
Dann nimmt sie den Hörer ab
und wählt.
Eine Männerstimme meldet sich.
»Hallo«, sagt Anna erleichtert.
»Ist dort
das Forsthaus?«
Der Förster
ist selbst
am Apparat.
Anna
erzählt ihm,
was passiert ist.

Der Förster holt Frau Meise und ruft auch gleich einen Krankenwagen für Brutus.

»Vermutlich ist der Knöchel gebrochen«, sagt der Arzt, der wenig später den Verunglückten untersucht. »Der Junge muss sofort ins Krankenhaus!«

»Ich Idiot!«, sagt Brutus,
als ihn Anna im Krankenhaus besucht.
»Stimmt!«, sagt Anna. »Und die
Schatzsuche hast du auch verpasst.«
»Was habt ihr denn gefunden?«

»Der Silberbecher des Ritters von
Rabeneck war leider nur aus Blech.
Aber daneben war eine ganze Kiste mit
Überraschungen versteckt!«

Anna kramt in ihrer Schultasche.
»Ich hab dir deinen Anteil am Schatz natürlich mitgebracht!«
»Anna, du bist echt bärenstark«, sagt Brutus.
»Ich weiß«, sagt Anna und lacht.
»Aber sag es niemandem weiter!«

Annas Rätselfragen an bärenstarke Leser

Hast du genau gelesen?
Dann kriegst du Bärentatzenpunkte!
Für jede richtig beantwortete Frage einen!

Testfragen zum ersten Buch »Die bärenstarke Anna«

1.) Bei wem lebt Anna?
- ❍ bei Oma Franziska
- ❍ bei Onkel Kasimir
- ❍ bei Tante Schneewittchen

2.) Wo ist Annas Lieblingsplatz?

❍ im Liegestuhl
❍ im Baumhaus
❍ im Schwimmbad

3.) Warum ist Anna ein bisschen anders?

❍ weil sie mit den Ohren wackeln kann
❍ weil sie Gedanken lesen kann
❍ weil sie manchmal bärenstark ist

4.) Wie werden Annas Bärenkräfte geweckt?

❍ wenn man am linken Ohrläppchen zieht
❍ wenn sie ein Bärenfell anzieht
❍ wenn sie Kraftpillen schluckt

5.) Warum muss Anna einen Schultest machen?

- ❍ weil sie so winzig ist
- ❍ weil sie zu jung ist
- ❍ weil sie in einer anderen Stadt wohnt

6.) Wie heißt die Lehrerin der 1 b?

- ❍ Frau Schwalbe
- ❍ Frau Meise
- ❍ Frau Taube

7.) Was malt Brutus?

- ❍ ein Monster mit drei Ohren
- ❍ einen Elefanten
- ❍ die blonde Lehrerin

Testfragen zum zweiten Buch »Die bärenstarke Anna und der Schulausflug«

1.) Welches ist Annas Zauberwort?
- ❍ Annaveranda
- ❍ Schubidu
- ❍ Abrakadabra

2.) Was kann die 2 b?

❍ Rückwärtssingen

❍ Rückwärtsturnen

❍ Rückwärtslesen

3.) Wohin fährt die 2 b auf Klassenausflug?

❍ Schloss Rabeneck

❍ nach Disney Land

❍ ins Blaue

4.) Warum muss Max eine Hundefahrkarte kaufen?

❍ weil er auf vier Beinen laufen kann

❍ weil er seinen Dackel Romeo mitnimmt

❍ weil er so klein ist

5.) Gegen wen wehrt sich Anna?

❍ gegen Max

❍ gegen Langeweile

❍ gegen Nero und Ringo

6.) Warum stürzt Brutus ab?

❍ weil er nicht auf dem Weg bleibt

❍ weil er so laut singt

❍ weil er zu enge Hosen anhat

7.) Wie hilft Anna Brutus?

❍ sie ruft laut um Hilfe

❍ sie holt ein Kletterseil

❍ sie ruft im Forsthaus an

Ergebnis:

Ich habe … Bärentatzenpunkte

12–14 Punkte:	Du bist so schlau wie Anna
9–11 Punkte:	So viele Punkte schaffte Brutus
6–8 Punkte:	Du solltest in Zukunft genauer lesen
2–5 Punkte:	So viele Punkte schaffte Schneewittchen
1 Punkt:	Du solltest das Buch noch einmal lesen und sehen, ob du dann mehr Fragen beantworten kannst.

Bärenstarker Tipp von Anna:
Frag denjenigen, der dir das Buch geschenkt hat, ob du für jeden Bärentatzenpunkt ein Gummibärchen bekommst.

So macht Schule richtig Spaß!

Lustige, abenteuerliche und spannende Geschichten rund ums Klassenzimmer sind in diesen Büchern versammelt. Die ersten Schulerlebnisse vom Franz, die Geschichte von Anna mit den Bärenkräften und viele andere turbulente Erlebnisse aus dem Schulalltag begeistern alle kleinen Leser.